L. JOURDAIN

MA MÈRE

DÉDICACE D'UN FILS

A SON PÈRE

PARIS
IMPRIMERIE D. JOUAUST
RUE SAINT-HONORÉ, 338

M DCCC LXXVII

L. JOURDAIN

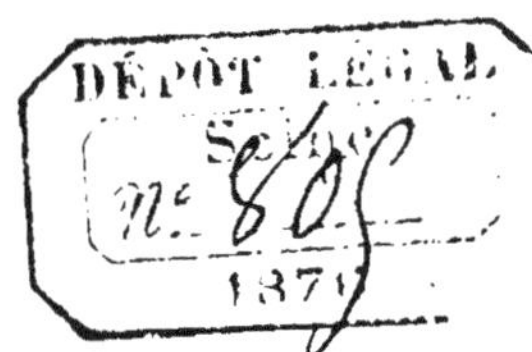

MA MÈRE

DÉDICACE D'UN FILS

A SON PÈRE

PARIS
IMPRIMERIE D. JOUAUST
RUE SAINT-HONORÉ, 338

M D CCC LXXVII

A MON PÈRE

Je t'adresse, mon père, et comme dédicace,
Cette simple brochure avec une préface...
Aurais-tu préféré de la prose à des vers?
Nous avons ici-bas tous un petit travers :
Un instant de plaisir nous empêche de geindre.
Nous tendons au bonheur, mais sans pouvoir l'atteindre.
Quand parfois on le tient, ailleurs sont nos esprits.
Est-il dans le néant? on en connait le prix !
Dans les autres surtout, apercevant l'ensemble:
« En voilà des heureux! » se dit-on, il me semble.
Chacun est entraîné, selon sa volupté,
Par une passion jusqu'à l'infinité.
Regarde autour de toi, contemple ton semblable...
Ne la connais-tu pas cette preuve palpable?...
L'idéal de ma mère était l'affection,
Comme sa vie entière une abnégation.
D'autres passent leur temps à la coquetterie,
Veulent nous dominer et par forfanterie;
Un chasseur est content de tuer du gibier;
On est fier, en canot, d'imiter le gabier;
On va chez un parent vendanger une vigne,
Ou faire une partie, ou pêcher à la ligne;
Le bourgeois fait chez lui cent cinquante au piquet;
Chez le marchand de vin on joue au tourniquet,
Puis, la tête échauffée, en vain on se chamaille.
Quant à moi, c'est mon goût, il faut que je rimaille!
De ta femme défunte on peut t'entretenir,
Car moi-même, toujours, je veux m'en souvenir.

MA MÈRE

...Oui... le *huit février*, en l'*an septante-quatre*,
Ma mère était debout, le dos tourné vers l'âtre.
En me voyant entrer, elle me fit asseoir
En me disant soudain : « Nous dînons seuls ce soir;
Les autres sont absents, il faut bien te le dire. »
Et, s'approchant de moi, me couvrant d'un sourire.
Elle me présentait avec joie et bonheur
Le potage, le pain, la viande et la liqueur.
De ce dernier dimanche il me souvient encore.
Ma mère, bien portante et d'une voix sonore,
Me contait en détail — pressentiment, je crois —
L'histoire de sa vie une dernière fois :
« Veuve bien jeune, hélas! votre bonne grand'mère
Aux sueurs de son front cultivait notre terre,
Habitait sa maison auprès des Émondants,
Élevait aisément ses six petits enfants,
Engraissait une vache, un porc, de la volaille:
Amassait dans la grange amandes, fruits, foin, paille ;
Réunissait d'un tas, dans un coin du grenier,
Un ou deux sacs de blé pour les vendre au meunier.

« Ta grand'mère attendait la fin de sa fournée
Pour aller dans les champs terminer sa journée;
Mais voyant des soldats quitter le grand chemin,
Se diriger chez nous précédés d'un gamin,
Descendre de cheval un chef cosaque en tête,
Fureter la maison de la cave à son faîte,
Vider tous les placards, la huche, notre four;
Jeter grain et fourrage au milieu de la cour,

Donner le blé, l'avoine, aux chevaux dans l'étable ;
Vociférer ensemble, assis dix à sa table ;
Boire son lait caillé, dévorer notre pain,
Ta grand'mère, à l'écart, attire d'une main
Son jeune fils aîné ; puis, tremblante d'alarmes,
Elle étreint de son autre, arrose de ses larmes
Ses cinq petits enfants. Une fille sans frein
Pleurait, voulait teter, s'attachait à son sein ;
Les trois autres criaient : « Du pain ! j'ai faim, ma mère ! »
Il ne restait plus rien. Voyant notre misère,
Ayant pitié de nous, ému par ce tableau,
Le chef alla trouver le maire du hameau,
Et, pour nous empêcher de mourir par famine,
Emmena ses soldats, donna de la farine,
Apporta chaque jour du bœuf, du vin, des fruits,
Et campa seul chez nous trois jours et quatre nuits.

« Dès l'aube, dans ses champs réparant le ravage,
Le soir, à la maison, revenant de l'ouvrage,
Ta grand'mère dînait avec tous ses enfants,
Percevait leur babil, et leurs jeux, et leurs chants ;
Elle montrait pour nous une grande tendresse,
Ne nous grondait jamais et travaillait sans cesse.
Un jour, elle nous dit : « Je dois vous faire un sort.
« A seize ans, cher Labbé, je te crois assez fort...
« Va chez notre tuilier ; il connaît ton mérite...
« Je te mets à la ferme, entends-tu, Marguerite ?
« On sait tes quatorze ans, ton assiduité ;
« Travaille, si tu peux, avec célérité...
« A l'âge de neuf ans, je te nomme laitière,
« Ou plutôt tu seras ma petite fermière.
« Tu conduiras aux champs les vaches chaque jour ;
« Tu les feras manger, puis boire tour à tour ;
« Et tu baratteras... comprends-tu, Catherine ?...
« Quant à toi, mon enfant, avance, ma Pauline,
« Il faut, en mon absence, avoir soin de tes sœurs ;
« Mène-les sur l'herbage, arrache quelques fleurs.

« Ne t'éloigne pas trop de notre domicile.
« A ton âge, cinq ans, tu dois être docile...
« Ma Chérie, à trois ans, peut se passer de moi ;
« Veille-la tout de même, et tiens toujours sur toi
« Ta sœur de dix-sept mois, la petite Honorine.
« Si parfois elle crie, appelle une voisine. »

« J'étais le long des bois, auprès d'un arbrisseau ;
Chérie, un peu plus loin, arrachait un roseau ;
Honorine courait de sa sœur à sa mère ;
Celle-ci savonnait son linge à la rivière ;
Catherine avec moi riait, jouait d'un rien...
Tout à coup de son doigt elle me montre un chien
Flairant par ci, par là, sortant de la clairière,
Rentrant dans le fourré, restant dans la fougère,
Une oreille en avant : il était en arrêt.
A quelques pas de là le chasseur était prêt ;
Il m'ajuste... un coup part... Je tombe, puis je roule
Sur un amas de mousse où tout mon corps se foule.
Affreusement blessée à la tête, à mon col,
Me prenant pour un lièvre, un comte de Saint-Pol
M'envoie un second coup en plein dans la poitrine ;
Et ma sœur de crier : « Ah !... ah !... on assassine ! »
Le seigneur effrayé s'élance hors du bois,
Mes deux sœurs, ta grand'mère, accourent toutes trois.
Catherine, une femme, étaient témoins du crime.
Tous ensemble arrivaient auprès de la victime.
La voisine aussitôt, prenant son tablier,
M'enveloppe dedans sans même le lier,
M'emporte vivement jusqu'à notre chaumière.
Le comte, mes trois sœurs, ramenaient ta grand'mère.
Au château dépêché, le jeune rabatteur
Court à Villeconin, demande le docteur.
Celui-ci, apprenant la fâcheuse nouvelle,
Vient muni de sa trousse, inspecte ma cervelle,
M'attache fortement le long d'un chevalet,
Me déboîte le crâne autour du cervelet,

M'extirpe promptement, avec une tenaille,
Les petits éclats d'os et toute la grenaille,
Me tourne de tout sens, m'étend sur un tréteau ,
Cherche dans les replis, soulève mon cerveau,
Replace mon organe, assemble la suture,
Et me réchauffe enfin le corps et la figure.
Je restai presque inerte environ quinze jours;
J'avais à tout moment grand besoin de secours.
Le médecin chez nous resta cette quinzaine;
Pour lui mon existence était bien incertaine.
La seconde, il venait le matin et le soir;
J'avais repris mes sens, il avait plus d'espoir.

« Quand ma chair, lentement, reprenait sur ma tête,
Ce fut pour le docteur, au milieu d'une fête,
L'occasion de dire avec sincérité
Au comte, à la comtesse, à la société :
« J'extrais de Pélagie, ou mieux Labbé (Pauline)
« Les autres grains de plomb qu'elle a dans la poitrine,
« Sauf deux que j'ai sondés de mon matériel;
« Ils laissent circuler le sang artériel.
« Le premier est logé contre la crosse aorte,
« Comprime cette artère; elle n'en est pas morte.
« D'ailleurs, ce grain de plomb s'étant localisé,
« Cet endroit est déjà très-bien cicatrisé.
« Le second est au cou, près de la carotide ;
« Pourtant cette blessure est sans odeur fétide.
« Je ne retirerai que deux grains chaque fois,
« Et ce long traitement durera treize mois. »
Le comte, satisfait, ayant un bon augure,
Lui donna sur-le-champ, pour cette belle cure,
Une somme d'argent dont le chiffre élevé
Surprit notre docteur : il avait moins rêvé.
Le comte nous offrit un peu d'or à chacune.
« Prenez, nous disait-il, un bout de ma fortune;
« Je vous donne ceci : c'est mon indemnité,
« Et Pauline vivra dans notre intimité. »

—Non, reprit ta grand'mère, il ne faut que personne
Dise : « Vois cette femme, elle a reçu l'aumône;
« Elle tire profit d'un accident affreux ;
« Elle éloigne sa fille, oh! que c'est malheureux!
« Recouvrant la santé, cette chère Pauline
« Soignera ses deux sœurs, la maison, la cuisine.
« J'ai de la volonté, j'ai des bras, j'ai du cœur :
« Je n'accepterai rien... Donnez tout au docteur. »

« Marguerite et Labbé nous donnaient leur salaire ;
Il se trouvait chez nous plus que le nécessaire,
Quand un soir ta grand'mère, en accourant des champs,
Malgré sa lassitude, et sans perdre de temps :
« Tu viens à la veillée avec moi, me dit-elle;
« Cherche une grosse bûche, emporte une chandelle;
« Prends un paquet de lin, donne-moi mon métier.
« Aujourd'hui nous irons par le petit sentier;
« Il faut au rendez-vous me trouver la première,
« Car enfin c'est mon tour de fournir la lumière. »
Aussitôt arrivée, elle prend l'escabeau,
Elle tourne du pied son rouet, son fuseau ;
Elle mouille souvent ses deux doigts à sa lèvre ;
Elle file son chanvre, et, prise d'une fièvre,
Elle incline sa tête imperceptiblement,
Et puis elle s'endort presque insensiblement.
Les filles, les garçons, les hommes et les femmes,
Diversement groupés, se tenaient près des flammes.
Les uns, tout en causant, étaient laborieux ;
Les autres folâtraient, se taquinaient entre eux.
L'un de ces jeunes gens, s'approchant de sa place,
Cria : « Hé! la Labbé, vous faites la grimace!
« En fermant vos deux yeux y voyez-vous plus clair?
« Faut-il entre mes doigts lever son nez en l'air? »
Réveillée en sursaut et prenant sa quenouille,
Elle travaille un peu, puis elle m'agenouille;
Elle laisse tomber sa tête doucement,
La renverse à sa gauche et ses bras librement,

Écarte son rouet et fait sur elle-même,
Sans rien dire à personne, un mouvement suprême.
« Comme tu dors! lui dis-je en lui prenant la main,
« La veillée est finie, on reviendra demain.
« — Il est temps de partir! cria soudain un homme.
« Dites donc, la voisine, il est long votre somme...
« Mesdames, n'est-ce pas, c'est assez s'assoupir ?...
« Mais elle a donc rendu... quoi? son dernier soupir!
« Toi, va chercher le maire, et vous autres, bien vite,
« Courez chez le docteur, prévenez Marguerite,
« Informez Catherine, avertissez Labbé
« Que l'auteur de leurs jours a soudain succombé...
« Ecarte-toi de là, ma petite orpheline ;
« Allons voir tes trois sœurs. Le veux-tu, ma Pauline?
« Ma fille, mon garçon, tirez-nous d'embarras
« En gardant un instant cet enfant dans vos bras.
« Mesdames, parmi vous, qui se croit assez forte
« Pour emporter chez elle une voisine morte?
« Une autre voudra bien la coucher sur son lit :
« Un homme ne peut pas commettre ce délit. »
Le surlendemain soir elle fut dans la bière,
Transportée à l'église, ensuite au cimetière,
Enfin, auprès du porche, au milieu d'un guéret,
Devant nous enterrée, à notre grand regret.

« Marguerite et Labbé, de retour au village,
Se partageaient toujours le plus gros de l'ouvrage;
Ils allaient dans les champs dès la pointe du jour,
Me confiant mes sœurs avec la basse-cour.
Je promenais Chérie et toujours Honorine
De chez nous à la ferme où logeait Catherine,
Quand un jour, en passant tout auprès du château,
La comtesse m'appelle et me fait un cadeau.
Le comte de Saint-Pol, apprenant ma présence,
Arrive, me contemple, et se dit en silence .
« Que je voudrais jouir de la paternité!
« Il me fuit, ce bonheur, dans ma prospérité!...

« Le sort en est jeté, madame ; un sens intime
« Émotionne l'âme en voyant ma victime:..
« Donne à ces trois enfants un biscuit, un gâteau ;
« Descendons avec eux jusque dans le hameau,
« Et je demanderai ma Pauline à son frère.
« Il voudra, lui, peut-être exaucer ma prière. »
Marguerite et Labbé ne vinrent qu'à la nuit.
Le dîner était prêt ; on attendait sans bruit.
« Vous devez avoir faim... Mettez-vous à la table,
« Dit alors la comtesse avec un air affable.
« Votre frugal repas sent une bonne odeur...
« Croyez-moi, mes amis, Pauline, votre sœur,
« Pour faire cet ouvrage, est encore chétive...
« Voulez-vous qu'elle soit notre fille adoptive ?
« Si vous nous refusiez, vous n'auriez pas raison...
« Car Chérie à présent soigne votre maison.
« — Qu'en dis-tu, Marguerite? Oui, Pauline est souffrante.
« — Allons, c'est convenu, Chérie est ta servante. »

« Je couchai le soir même, au centre du château,
Dans un lit magnifique orné d'un grand rideau.
Avant de m'endormir, j'étais encore heureuse
De regarder brûler au plafond la veilleuse,
D'admirer la muraille, un meuble, le parquet ;
De ranger mes effets, d'en former un paquet,
Et sans penser à mal d'agiter la sonnette,
Jusqu'à ce que je vis à la porte Jeannette,
Qui tenait d'une main un superbe flambeau,
De l'autre un sucrier, une carafe d'eau.
« Vous m'appelez trop fort, petite demoiselle !...
« Comme tout est en l'air ! Voyez la filoselle !
« Je vais vous la serrer dans votre grand buffet,
« Car elle est d'un grand prix et bien belle en effet.
« Pourquoi faire à cette heure un tel enfantillage ?
« On disait cependant que vous étiez si sage !
« Il ne faut pas ici mettre tout en émoi :
« On est chez l'écuyer cavalcadour du roi. »

« Le lendemain matin, chacun me prit mesure
D'un bonnet, d'une robe, enfin d'une chaussure.
A midi j'avais vu tout le parc du château.
Je mangeais du pain blanc comme du bon gâteau ;
On m'enlevait le soir mon costume rustique,
On me donnait Jeannette avec un domestique.

« Un jour, de grand matin, qu'il nous fallait partir,
Jeannette m'éveillait, m'aidait à me vêtir.
La comtesse déjà m'attendait en voiture ;
Elle m'enveloppait dans une couverture,
Donnait à son cocher le signal du départ,
Et les chevaux soudain franchissaient le rempart.
Armé de son fusil, une main sur la crosse,
L'écuyer, à cheval, escortait le carrosse.
De bien nous diriger était son seul objet.
Il était précédé, pendant ce long trajet,
Et suivi pas à pas de notre valetaille,
Puis passait comme nous la grille de Versaille.
L'attelage poudreux roulait sur le pavé,
Et pénétrait enfin dans un lieu réservé
Que l'on nomme toujours *Petites-Écuries*.
La comtesse m'aimait, et dans ses causeries
Racontait mon histoire à la reine, à la cour.
« Amenez, dit le roi, cette enfant, en plein jour,
« Comment t'appelles-tu ? — Marie, et puis Pauline.
« —Quel âge?—J'ai dix ans.—Tu me fais bonne mine.
« Souffres-tu de la tête? — Oh ! je ne sens plus rien.
« — Je souhaite pour toi que tu te portes bien,
« Me dit en m'embrassant cette bonne princesse.
« Il faut avoir bien soin de cette enfant, comtesse. »

« Jeannette se chargea de mon instruction ;
Elle me démontrait son érudition.
Chaque jour, le matin, elle me faisait lire,
M'enseignait la façon de calculer, d'écrire ;
Comme femme de chambre aidait à m'habiller,

M'apprenait à broder, à coudre, à travailler.
Pierre, mon domestique, était fort serviable,
M'accompagnait dehors, me servait seul à table,
Et, partout attentif à mes moindres besoins,
Les prévenait souvent, était aux petits soins.
Il venait avec moi chaque fois à la messe,
Où j'avais une place au rang de la noblesse.
Jamais notre curé ne reçut un déni.
Quand il voulait de nous avoir le pain béni.
Je donnais à l'église, un dimanche, une fête,
Un louis à l'offrande et dix francs à la quête;
Je remettais l'aumône à quelques malheureux,
Lesquels me la rendaient en accueil chaleureux.
J'allais, pour faire gras, chercher une dispense;
Le prêtre recevait cent francs en récompense.
J'obtins le sacrement de la communion;
L'évêque me donna la confirmation;
Sous l'invocation de la Vierge Marie,
On inscrivit mon nom à cette confrérie
Dans laquelle il fallait très-régulièrement
Suivre de point en point un certain règlement,
Se présenter le soir et surtout le dimanche,
Venir les jours de fête, avec sa robe blanche,
Composer le cortége à la procession,
Recevoir à genoux la bénédiction,
Marcher à tour de rôle en portant la bannière,
Chanter notre cantique, entendre la prière;
Pendant la Fête-Dieu, sur chaque reposoir,
Jeter à pleines mains des fleurs vers l'ostensoir.

« En l'absence du comte, ou bien de la comtesse,
J'agissais à ma guise, et j'étais ma maîtresse.
J'allais voir piaffer des chevaux de pur sang;
Je les examinais dans leur stalle, à leur rang;
Je trouvais somptueux, outre chaque écurie,
Les selles, les harnais et la carrosserie;
Je voyais les salons, leur grandeur, leur beauté;

J'admirais des tissus la haute nouveauté ;
Je donnais mon coup d'œil jusque dans la cuisine.
« Ouais! me disait le chef, tu voudrais bien, gamine,
« Que je te fasse voir que je sois moins discret!
« Apprends donc mon métier ; en voici le secret...
« Monte sur l'escabeau : tu dois être assez grande
« Pour goûter cette sauce... Elle te plaît, gourmande !
« Ce résultat s'extrait de ces jus écrémés. »
Ce jour-là les fourneaux étaient tous allumés;
On avait invité des personnes friandes,
Qui devaient savourer venaison, gibier, viandes.
Chacun des cuisiniers travaillait plein d'ardeur;
J'étais au milieu d'eux, suffoquée à l'odeur.
Le plafond était bas, j'étais presque aveuglée;
Je perdais tous mes sens, j'en étais accablée...
Je tombai tout à coup raide sur le carreau.
On me porta dehors, on me jeta de l'eau;
Le vinaigre, les sels, me laissaient apathique.
Il fallut employer un remède énergique,
Prévenir le docteur, me porter sur mon lit,
Où bien longtemps après je recouvrai l'esprit.

« Cet accident passé, je partis à la Briche.
« Tiens! te voilà, ma sœur? Je te trouve bien riche...
« Viens-tu pour travailler un peu dans la maison?
« Comment es-tu nippée, et de quelle façon!
« Tes affiquets sont beaux, oui-da, ta robe est belle!
« Combien gagnes-tu? — Rien. – Tu fais la demoiselle;
« On te coiffe, on t'habille... As-tu soin d'un clapier?
« Dans un livre tu lis, tu griffonne un papier;
« On t'apprend le calcul et la tapisserie.
« Le comte a des chevaux... Soignes-tu l'écurie?
« Sais-tu coudre? — Mais oui. — Quant à cela, tant mieux.
« Remets-nous en état nos hardes, si tu peux;
« Viens aux champs avec moi, voir Labbé notre frère;
« Tu nous arracheras quelques pommes de terre,
« Et nous les ferons cuire avec peu de saindoux.

« Puis, après le dîner, tu coucheras chez nous. »
Tel fut le beau discours de ma sœur Marguerite.
Sensible à ce reproche, en moi je le médite...
D'un travail excessif mon frère et notre sœur,
Qu'obtiennent-ils des champs en vendant le meilleur?
Une bien faible somme, environ la misère,
Ne mangeant que du pain d'une saveur amère,
Pouvant à chaque instant perdre de leur moisson
Par l'injure du temps, par mauvaise saison.
Je suis dans le château comme un être inutile;
On peut me renvoyer pour un motif futile...
Que faire? où me placer? même que devenir?
Eh bien!... par mon travail, il faut, à l'avenir,
Gagner un peu d'argent, devenir chambrière,
Et que décidément je sois une ouvrière.

« Comtesse, écoutez-moi, voici l'occasion
« De vous communiquer ma résolution...
« Puisqu'on vient d'accorder Jeannette en mariage,
« Ne la remplacez pas, je ferai son ouvrage,
« Et je désirerais posséder un emploi.
« Ne me refusez pas, madame, exaucez-moi!
« — Pauline, tu le veux, répondit la comtesse;
« Soit... Assiste toujours le dimanche à la messe;
« Raccommode le linge avec un très-grand soin,
« Distribue à chacun ce dont il a besoin;
« Touche chez l'intendant ton mois comme servante.
« Maintenant tu seras, je crois, assez savante
« Pour mettre ces détails en ordre à livre ouvert.
« C'est toi qui chaque jour dresseras le couvert...
« Devant les invités tu resteras tranquille,
« Car aux yeux du grand monde il faut être ma fille. »
Dès ce jour, le matin, et selon mon désir,
Je faisais ma chambrette avec un grand plaisir.
A midi, puis le soir, j'empilais les assiettes;
Je jetais au panier les nappes, les serviettes.
Quant à l'argenterie, il fallait la ranger

Dans l'un des deux buffets de la salle à manger,
Et mettre de côté pour notre misérable
Les débris du dîner qui restaient sur la table.

« Je vis les cuisiniers préparer un matin
Toute sorte de plats pour un très-grand festin.
Le comte célébrait sa fête anniversaire.
Pour sa position, et dans le but de plaire,
Il avait invité noble société ;
Il voulait la traiter jusqu'à satiété.
Près du comte servie et par mon domestique,
Des hommes j'écoutais la raison politique ;
J'entendais louanger la qualité des mets
Et vanter les bons crus par les plus fins gourmets ;
J'apercevais parfois, derrière leur voilette,
Les femmes parler bas, se montrer leur toilette ;
J'observais, dans la salle à nos réceptions,
Que le thé, le café, les conversations,
Devaient se prolonger cette soirée entière.
Je m'échappai de suite, et par une portière,
Me voyant toute seule aller hors du salon,
Pierre pirouetta sur le bout d'un talon.
Il me suit à l'écart, sans rien dire à personne,
Et sa voix à l'oreille aussitôt me raisonne :
« Sachez, mademoiselle (il riait de bon cœur)
« Que j'ai joué le tour à ce vilain farceur
« Qui voulait empiler vivement le service
« Pour nous l'expédier par un autre à l'office.
« J'ai fermé cette porte, et pas un étranger
« N'a pu se faufiler dans la salle à manger.
« Je retourne là-bas faire acte de présence ;
« Je dissimulerai votre petite absence.
« — Mon bon Pierre, merci, je vais me dépêcher... »
Je prends un tablier pour ne pas me tacher...
Tiens ! il se trouve un nœud au coin d'une serviette...
Des gros sous dans le linge ! il sert donc de cachette ?...
Que vois-je !... de l'argent !... ici... là... puis encor...

Et presque à chaque place... ah !... une pièce d'or...
Que cela veut-il dire?... une plaisanterie!
Je serre cet argent avec l'argenterie ;
Je mets agilement en place chaque objet.
Je pense à cette énigme, ignorant le sujet.
Je cours en informer madame la comtesse,
Qui me dit en riant : « Mais c'est pour toi, jeunesse!...
« Allons, je vois qu'il faut te tirer d'embarras
« En t'apprenant enfin ce que tu ne sais pas.
« D'une simple obligeance on reçoit le salaire :
« Observe les valets, regarde au vestiaire ;
« Les domestiques même, onze ou douze environ,
« S'occupent des coupés, restent sur le perron ;
« Vois comme de partout dans leurs mains l'argent glisse :
« L'un reçoit pour un châle et pour une pelisse,
« L'autre pour un bonnet, un manchon, un manteau,
« Ou pour un pardessus, une canne, un chapeau...
« Tu sauras désormais qu'on a pris l'habitude
« De montrer aux valets certaine gratitude...
« On la doit à leur maître, et c'est par vanité
« Que le monde fait voir sa libéralité
« En laissant une pièce ou plus ou moins massive
« Pour avoir eu l'honneur d'être notre convive. »
Je regagnai ma chambre une heure après minuit,
Il me fut impossible, au reste de la nuit,
De dormir sans rêver de ne pas voir en songe
Mon magot se sauver, comme un affreux mensonge ;
Je courais malgré moi vers mon petit trésor...
Je n'avais jamais vu tant d'argent ni tant d'or.

« Au grand jour, dans mon lit, j'étais toute rêveuse,
Quand Pierre me prévint que notre blanchisseuse
Attendait notre linge, un bon de livraison,
Et qu'on me réclamait dans toute la maison...
« Je sais ce qui vous rend inquiète et si pâle ;
« L'autre fois j'ai trouvé parmi le linge sale
« Quelques pièces d'argent à différents endroits...

« Ceux qui vous font ce tour sont des gens maladroits ;
« Mais je vous la rapporte, elle est là dans ma poche...
« La voici, me dit-elle en vidant sa sacoche.
« Je crois, mademoiselle, avoir le tout intact.
« Vérifiez l'argent... Le compte est-il exact ? »
Je la récompensais, cette ouvrière honnête,
Et je requérais Pierre, en l'honneur de la fête,
D'offrir également à chaque cuisinier,
Domestique, valet, cocher, palefrenier,
La bouteille de vin, comme c'est l'habitude ;
De leur distribuer avec exactitude,
Et sans distinction, prévenant ou butor,
Toute cette collecte, en moins le louis d'or
Laissé par la comtesse en pure bonhomie.
Mon louis me resta pour toute économie.
Je le portai sur moi... je le trouvais si beau !
J'éprouvais un plaisir qui m'était tout nouveau.
Je m'en amusai donc toute cette journée.
Le soir, je le plaçai sur une cheminée ;
Puis, fermant à la clé la porte du couloir,
Je lâchai le ressort d'un petit éteignoir,
Et je me mis au lit comme dans ma cellule,
Onze heures moins un quart sonnaient à ma pendule.
Enfin je m'endormis, je crois, fort à propos,
Car j'avais grand besoin de prendre du repos.

« Je fus le lendemain un peu plus matinale;
J'arrangeai proprement ma chambre virginale.
Je secouai d'abord les tapis, les rideaux,
J'essuyai les fauteuils, les tables, les carreaux ;
Sur ce marbre cet or n'est pas bien à sa place...
« Où le mettre ? me dis-je, époussetant la glace.
« Les meubles sont nombreux, il faut cependant voir !
« Ah ! dans cette commode, au fond de ce tiroir,
« Un seul coin me suffit... Il n'est pas nécessaire,
« Pour un petit louis, d'enlever une affaire ;
« Il peut, étant fermé, servir de coffre-fort;

« Il faudrait sans la clé pour l'ouvrir un effort. »
C'est là que je plaçai, durant cette campagne,
Or, argent et billon en pays de cocagne ;
Et j'élevai mes tas, par ordre de valeur,
De gauche vers la droite à la même hauteur.

« Je m'occupai douze ans de la même manière,
Soit comme demoiselle, ou servante ou lingère ;
On me laissait agir en toute liberté.
J'étais envers les gens sans aucune fierté,
Presque un mois à la Briche, onze mois à Versailles.

« Ta tante Marguerite, avant ses fiançailles,
Fit par un géomètre arpenter notre bien,
Estimer à peu près le lot qui serait sien.
Elle nous conseilla de faire le partage
Et d'un commun accord de ce vieil héritage.
On fit la courte paille... Il m'échut par le sort
Un lot bien assorti, plutôt faible que fort;
Peu de terre, du bois et la grange en ruine
(A six ans d'une fièvre était morte Honorine).
Je fis remettre à neuf, par un maître maçon,
La chaumière, les murs... Je payai la façon.

« Sous un brillant aspect, une jeune fermière,
Veuve avec un enfant, épousa notre frère.
Celui-ci, convaincu par des exploits d'huissiers
Que sa femme devait à plusieurs créanciers,
Me vendit tout son bien, m'emprunta quelque somme,
Paya tout sans broncher, pour rester honnête homme.
En l'an soixante-neuf, il fut assassiné
Par un ingrat auquel il avait trop donné.

« Catherine alliée avec une famille
Dans laquelle on comptait une mère, une fille,

Plus autant de garçons que nous étions de sœurs,
Tous nés aux environs, nous habitions ailleurs.

« Certaine vieille femme insiste pour vous voir...
« Faut-il, mademoiselle, ou non, la recevoir?
« — Pierre, faites entrer, présentez une chaise...
« Asseyez-vous, madame, et causons à notre aise.
« — Me reconnaissez-vous? Examinez-moi bien...
« Vous faire deviner n'avancerait à rien...
« D'une de vos trois sœurs je suis la belle-mère;
« J'habite Blancheface, et connais votre frère.
« Vous vous êtes trouvée à la noce, au printemps...
« Or mon plus jeune fils voudrait, depuis ce temps,
« Avoir un entretien, vous parler d'une chose...
« En secret, la voici, foi de *Coquet la Rose*...
« Pauline, vous pouvez lui donner le bonheur...
« Ne l'éconduisez pas, c'est un bon travailleur.
« Je sais qu'en ce château vous êtes très-heureuse...
« Mon Louis ne veut pas vous rendre malheureuse.
« Votre sœur et mon fils s'accordent bien entre eux;
« Il en sera de même, et toujours, pour vous deux.
« Il est temps d'y penser : vous avez le bon âge...
« Voyons, décidez-vous... A quand ce mariage?...
« J'ai voulu vous parler avec simplicité :
« Veuillez donc m'excuser de ma sincérité.
« — C'est au frère Labbé de répondre à ma place.
« Je verrai votre fils, je crois, à Blancheface...
« Qu'il ne s'absente pas, qu'il attende le jour
« Où j'irai toute seule au pays faire un tour ;
« Qu'il se trouve au village, au moment de la fête,
« Chez ma sœur Catherine... On sera tête-à-tête...
« Je le jugerai mieux que la première fois,
« Car je ne sais pas bien lequel il est des trois.
« Ils étaient, vos enfants, d'une gaieté si franche
« Durant toute la noce, et même le dimanche !
« Cela me charmait plus que le cérémonial,
« Qui laissera sur moi toujours un froid glacial...

« Au revoir donc, madame ! à la saison prochaine !
« Prévenez mes trois sœurs, mon frère et ma marraine...
« Passez par l'escalier au bout de ce couloir,
« Et je vais m'enfermer pour réfléchir ce soir. »

« La comtesse, un beau jour qu'elle se disait lasse,
En voyant de Saint-Pol s'en aller à la chasse
Et la meute des chiens sortir de leur chenil,
M'autorisa de voir mes parents au Ménil.
De par moi Catherine envoya l'estafette.
Marguerite et Labbé, Chérie et la Coquette,
Citons-la par son nom, Jourdain-Rose-Coquet
(Chacun dans ce pays reçoit un sobriquet).
La mère de ton père, en un mot, était veuve,
Nous étions tous d'accord pour tenter une épreuve.
De Paris accourut Louis-Francois-Jourdain ;
Il me plut, et Labbé lui concéda ma main.
On convint aussitôt de nous unir très-vite,
Que les formalités seraient selon le rite.
Mon devoir m'appelait, je quittai mon galant.
Ce deuxième entretien ne dura qu'un instant.
On m'attendait déjà, mais dans l'inquiétude...
« Pourquoi rentrer ce soir plus tard que d'habitude ?
« En traversant le bois, tu devais avoir peur,..
« Tu pouvais rencontrer sur la route un voleur...
« Que s'est-il donc passé? quoi d'extraordinaire?
« — Madame, écoutez-moi, je ne veux rien vous taire...
« Votre bonté pour moi, votre dernier cadeau,
« Sont pour ma conscience un pénible fardeau...
« Je viens d'être promise, et par Labbé mon frère.
« Tel est mon prétendant, tel est son caractère :
« Vif, souvent emporté, mais tombant dans l'oubli ;
« Et dans la capitale on le dit établi.
« — Ta déclaration me rend toute surprise...
« On a pu captiver ton esprit par méprise,
« Te promettre richesse et pour te marier.
« — J'ai reçu simplement un cadeau, ce papier,

« Dont l'image entourait un beau sucre de pomme ;
« Je l'avais demandé moi-même à ce jeune homme.
« Au pays, à la fête, il fut pour moi discret.
« Et nous nous marierons sans parler d'intérêt.
« Ma résolution, elle est inébranlable.
« Je pense recevoir l'aumône à votre table,
« Et, si je fus blessée autrefois par malheur,
« Ce n'est pas un motif pour me combler d'honneur.
« Dans la simplicité je veux passer ma vie,
« Et loin de ces regards méprisants ou d'envie.
« Le dehors du grand monde aux yeux paraît brillant,
« Mais son intérieur en est-il plus saillant ?
« La classe de ces gens ne sait souvent que faire,
« Court après le plaisir sans pouvoir se distraire.
« Moi, je crois ici-bas jouir du vrai bonheur
« En vivant sans orgueil (il nous ronge le cœur).
« Du fruit de mon travail, et j'aimerai mieux être
« Que de me ruiner pour me faire paraître.
« —Tu vois cela, ma fille? Allons, tu n'as pas tort...
« Tu veux te marier à ton goût, sans effort ;
« Ton choix est déjà fait, ton pouvoir est suprême.
« Je pense maintenant qu'il vaut mieux pour toi-même
« T'unir à ce jeune homme (il est entrepreneur)
« Qu'à cet autre plus riche ou qu'à ce grand seigneur
« Qui plus tard aurait pu, ma petite Pauline,
« Rougir de ta famille ou de ton origine.
« Il me faut aujourd'hui te choisir un présent.
« — Madame... je serai... (ne m'offrez pas d'argent)
« Aussi reconnaissante à chaque bagatelle
« Que de tous ces objets qu'aime une demoiselle.
« Je n'ai besoin de rien, j'ai déjà mon trousseau ;
« Je l'ai fait en secret ici, dans le château.
« Il n'est pas luxueux, mais il est confortable.
« Je vais vous le montrer pour vous être agréable.
« — Je n'insisterai pas, et c'est bien à regret...
« Le jour du mariage, il faut que tout soit prêt.
« Le maire et le curé t'uniront à Versailles.

« Je ne puis maintenant user de représailles :
« Agis dès aujourd'hui selon ta volonté,
« Invite ta famille et ta société.
« Ne te gêne donc pas... Prends de mes équipages,
« Ne fais pas de folie, et soyez tous bien sages. »

« Au bout de quinze jours, dans toute sa splendeur,
J'entendais une messe, à genoux, près du chœur.
A l'office, au milieu, je reçus de ton père
Deux pièces qui seront pour toi, puis pour ton frère.
Nos parents, nos amis, régalés à souhait,
Affirmèrent chacun s'en aller satisfait.

« Je te raconterai l'histoire d'une tante,
Celle de l'oncle Jacque et de la Savagnante,
De mon cousin Leblond, du cousin Jouanait;
Celle de mon fermier, ton grand-oncle Parfait.
Tu sauras qu'un cousin disparut à la guerre,
Qu'un autre et ses chevaux sont morts dans la rivière.
Mais pourquoi t'en aller? tu partiras plus tard.
Personne ne t'attend, ni même un seul moutard!
Déchiffre-moi tout haut un peu cette cédule;
L'horloge ne va plus, remonte la pendule.
C'est onze heures déjà : je ne le croyais pas.
Ici, demain matin, viens prendre ton repas.
Ainsi, c'est convenu... Bois un coup et pars vite.
Rejoins ton domicile et couche-toi de suite. »

De par une fenêtre elle me dit bonsoir,
Et me suivit des yeux jusqu'au bout du trottoir.

Lundi, neuf février, j'arrivai de bonne heure.
N'ayant vu nulle part ma mère en sa demeure,
Je jette aux alentours un regard machinal;
Je m'assieds au salon, je parcours le journal.
Je lisais chaque article avec indifférence ;
J'étais préoccupé de cette longue absence.

Ma mère, sûrement, sait que je suis exact,
Fait ses provisions, les choisit avec tact.
Elle m'apportera, parmi sa marchandise,
Selon son habitude, un peu de friandise,
Et va venir bientôt à notre rendez-vous.
Quoi donc!... elle est ici... J'entends, je crois, sa toux.
Je ne l'avais pas vue, elle est toute cachée.
Elle doit reposer, puisqu'elle s'est couchée.
Je la laisse tranquille, elle ne me dit rien...
Je reviendrai plus tard, car elle dort trop bien.

Vers huit heures du soir : « Apprends, me dit mon père,
« Que j'ai passé la nuit à secourir ta mère.
« Lorsque j'étais en train de dormir, de rêver,
« Elle tâchait en vain de pouvoir se lever;
« Elle avait mal au cœur et la tête étourdie.
« Elle me réveilla, se disant engourdie.
« J'applique une compresse alcoolique et d'eau ;
« Je mets rapidement chauffer sur le fourneau
« Le contenu d'un bol de cette limonade.
« Elle l'a bu d'un trait, elle n'est plus malade.
« Elle s'est endormie à la pointe du jour.
« Dans son lit, sans parler, elle fait un séjour...
« J'aurais dû, je le vois, le dire à ta cousine,
« Au lieu d'aménager aujourd'hui sa cuisine;
« Et certes son mari pouvait se déranger...
« Ton frère va venir, qu'avons-nous à manger? »
— Après dîner, je dis : « Partons-nous, Alexandre?
« Le père veut dormir et ne veut plus descendre.
« Montons le canapé, lequel doit être en bas;
« Il couchera dessus avec un matelas.
« La mère dans son lit. Vois comme elle sommeille! »

Mardi, dix février, on m'apprit que la veille,
Vers onze heures du soir, et même un peu plus tard,
Etant resté chez nous, mon frère, à tout hasard,
Soigna la nuit sa mère, et quand elle fut prise,

Par le brusque retour d'une nouvelle crise :
« Voudrais-tu consulter un instant un docteur?
« —Vous voulez plaisanter; je n'ai que mal au cœur...
« Je reste dans le lit... Est-ce de la paresse?...
« J'ai besoin de repos pour un peu de faiblesse,
« Je ne suis pas encore à jeter au rebut.
« — Un malaise n'est rien s'il est pris au début.
« —Puisque je n'en veux pas.—Je te crois bien malade.
« —Va donc en chercher un...je suis en marmelade.
« —Le cousin? — Non, pas lui; je veux un étranger.
« Mais, avant de sortir, il vous faut bien manger...
« J'ai fait provision avant-hier dimanche;
« Je l'ai placée à l'air, voyez-vous sur la planche?
« Ouvrez cette fenêtre, enlevez le cabas.
« Prenez le pain, le sel, dans cette armoire en bas;
« Vous trouverez au fond chacun votre bouteille;
« J'ai mis du côté droit des fruits et de l'oseille.
« Vous avez un grand choix... Faites cuire du bœuf,
« Mangez le jambonneau... Préférez-vous un œuf? »
Mon père était présent; je vois que mon frère entre,
Et tous trois, au salon, réunis presqu'au centre,
Résolûmes d'abord qu'il fallait en recours
Mander un médecin pour lui porter secours.
Le frère s'en chargea; je gardai notre mère.
Le docteur vint de suite, en l'absence du père.
Il s'approcha du lit; je me tenais au loin.
Alexandre, mon frère, écoutait avec soin.
Pendant que près ma mère enfin il se hasarde,
Qu'il lui tâte le pouls, qu'il le compte et regarde,
Qu'il demande l'endroit où cela lui fait mal,
Qu'il cherche le symptôme à peu près général,
Qu'il étudie un peu toute l'économie,
Je voyais du docteur la physionomie;
Je plongeais mes regards sur son individu.
Il parlait, agissait comme un homme entendu.
A la contraction des traits de son visage,
Je me disais : Comment! le docteur perd courage!

« J'aurais besoin, monsieur, d'une explication...
« Pourquoi n'ordonnez-vous que cette potion?
« Je sais et reconnais qu'elle est inoffensive.
« —Vous êtes son fils?— Oui.— Mais elle est bien active.
« — Je suis très-inquiet. — Oh ! vous avez de quoi ! »
Je fus anéanti, distinguant le pourquoi.
Entendant cet arrêt, mon frère tout de suite
Suivit le médecin et lui fit la conduite...
Après avoir causé... « Reviendrez-vous demain?
« —Oui... Bon espoir; monsieur, je vous serre la main. »
De chez l'apothicaire, en toute diligence,
Mon frère recourut m'expliquer l'ordonnance.
« J'ai su, me disait-il, par le pharmacien,
« Et difficilement par le praticien,
« Que pour un chaud et froid notre mère est traitée;
« Qu'il faut l'entretenir chaudement alitée;
« Que, selon la formule, on doit à tout moment
« Lui faire administrer chaque médicament. »

Je m'étais transformé comme en garde-malade,
Et seul j'aidais ma mère, après... sa promenade,
A bien se relever, à se tenir debout,
A regagner son lit, à m'occuper de tout.
« N'as-tu pas entendu? Va donc ouvrir, on sonne.
« —Quand tu seras couchée; autrement la personne
« Ne rentrerait que pour... Là, maintenant, j'y vais.
« — Es-tu long à m'ouvrir! Tu vois, je descendais.
« C'est rare de te voir, mais je viens pour ton père;
« Mon gendre, ce matin, attend son ministère.
« Il nous avait promis de venir déjeuner...
« Nous n'avons vu personne; il faut en terminer.
« Hé! dit l'oncle Denis, il est chez nous, sans doute,
« Si je l'ai, par hasard, croisé pendant ma route.
« — Veuillez, je vous en prie, expliquer un peu bas
« Et prendre ce fauteuil qui vous tend ses deux bras.
« Je vais vous annoncer... Ma mère est bien malade...
« Si pour vous elle peut on permet l'embrassade,

« Je vous introduirai. Mon père va venir...
« Pour l'attendre un instant, faut-il vous retenir?...
« Que vous disais-je donc?... Le docteur désespère;
« Moi-même, je l'avoue, ai peur pour notre mère.
« — Tout ce que tu me dis n'est pas très-sérieux,
« Car après un malaise on se porte bien mieux...
« Qui n'est pas à cela plus ou moins susceptible?
« Je te dis, mon garçon, ne sois plus si sensible.
« — Je voudrais me tromper dans l'observation...
« Le phénomène entier de respiration,
« Je le connais trop bien, prouve que la trachée
« Des bronches vers la glotte est à peu près bouchée.
« On comprend tout le jeu que ferait un bouchon
« Allant de bas en haut du larynx au poumon...
« J'entends distinctement comme le bruit d'un râle...
« Elle manque de force, elle est déjà très-pâle.
« Je vous laisse un instant... Denis... veux-tu la voir?
« — Oui. — Par ici, mon oncle, et veuillez vous asseoir. »
Ma mère le reçut comme à son ordinaire,
Puis elle s'excusa de ne pouvoir mieux faire;
Enfin, en souriant elle parla raison.
Mon père, à ce moment, rentrait à la maison,
Pénétrait dans la chambre auprès de la patiente,
Et c'est là qu'il apprit, chose insignifiante,
Qu'un de ses beaux-neveux était content de lui.
« Je ne vous offre pas à manger aujourd'hui,
« Parce que je serais mauvaise cuisinière;
« Moi-même, je ne peux que boire à la cuillère.
« Mais j'ai des serviteurs, mon mari, mes enfants...
« Où pourrais-je en trouver d'autres plus complaisants?
« — Je me sauve au galop; il est tard, et mon gendre,
« Quand le dîner est prêt, n'aime pas trop attendre...
« Ma sœur, je vous souhaite une bonne santé,
« En vous remerciant de votre volonté. »

« — Le docteur est venu, je fais ce qu'il ordonne.
« Comme je me sens faible, il me faut ta personne.

« Mets tes pieds à cheval, comme tu le pourras;
« Je me cramponnerai, si je peux, à ton bras...
« Lève ma tête en haut, dit ma mère à mon père;
« Je suis bien mal placée et par trop en arrière...
« Prends bien ton point d'appui, tu dois être un bon pieu.
« Remets-moi sur le lit, à peu près au milieu...
« Donne-moi le flacon, l'eau de laurier cerise...
« La potion sucrée adoucit une crise.
« Remonte-moi plus haut sur le grand oreiller...
« Maintenant je suis bien... Avant de sommeiller,
« Je boirais volontiers l'infusion d'hysope.
« Cela, c'est du nanan. Verse, verse, allons, tope ! »

« — Il nous faudrait quelqu'un, parent, voire étranger,
« Pour soigner notre mère ; elle court un danger. »
Mon père, sur ces mots, saisi d'inquiétude :
« Je cours chez Ferdinand... Sa femme a l'habitude;
« Elle n'a rien à faire, elle peut bien venir.
« Reste toujours ici, je vais la prévenir.
« Je n'ai qu'à faire un pas pour arriver chez elle.
« Si je ne peux, ce soir, lui dire la nouvelle,
« Elle viendra demain, à la pointe du jour.
« Tu passeras la nuit, puis à chacun son tour. »
Mon oncle était couché, sa femme dans l'église.
En allant la chercher, la crainte, la surprise,
Aveuglaient tellement l'esprit du messager
Qu'il active sa marche, et sans se ménager
Trébuche dans la rue ayant nom Garancière,
Et heurte le pavé, sa tête la première;
Se relève blessé presqu'à ses deux genoux,
Puis, au lieu de rentrer avec l'oncle chez nous,
Sans se préoccuper d'une seule blessure,
Laisse couler son sang jusque dans sa chaussure.
Mon père, de lui-même, en courant de nouveau
Voulut trouver ma tante à l'église, au caveau.

Dans la chambre à coucher, au milieu du silence,
Chacun se tenait coi malgré sa vigilance.

Assis devant le feu, regardant vers le lit,
On se parlait tout bas, on était interdit.
« Je ne peux pas dormir... Doucement, je sommeille ;
« Votre bourdonnement me parvient à l'oreille.
« Ferdinand est ici, je reconnais sa voix,
« Je compte sur le mur, à chaque ombre, un, deux, trois
« J'en connais déjà deux; l'autre paraît semblable,
« Comme elle se dessine au-dessus de la table,
« A celle d'une femme, à notre belle-sœur...
« Eloignez-vous du feu, j'en verrai la lueur...
« Vous êtes donc venus me rendre une visite?...
« Vous voilà tous les deux, il faut que j'en profite.
« Ne voulant pas, Louis, préparer le manger,
« La femme ou Ferdinand voudront bien s'en charger.
« Je sais que dans cet art vous êtes très-habiles,
« Et que vous trouverez où sont les ustensiles.
« Or, comme tout mon monde est bien encore à jeun,
« Coupez parmi la viande un morceau pour chacun.
« Vous voudrez sûrement me rendre ce service.
« Prenez les aliments, n'oubliez pas l'épice ;
« Faites cuire le tout, y compris votre part.
« Vous dînerez ensemble avant votre départ.
« En ce moment, pour moi, la chose principale,
« C'est une potion faite à la digitale.
« J'en prends à chaque instant un peu dans le flacon,
« Et je la bois toujours de la belle façon,
« Car son goût siroté, mélangé de cerise,
« Me fait venir la soif par pure gourmandise.
« Voulez-vous y goûter? La curiosité!
« Mais c'est, comme on le dit, si bon pour la santé,
« Que j'en lèche mes doigts, mes lèvres, ma cuillère! »
C'est ainsi qu'en souffrant s'exprimait notre mère.

On convint, vers minuit, tous de se détacher,
Et mon frère et mon père allèrent se coucher.
Ferdinand s'installa près de la cheminée,
Moi, je continuai, comme dans la journée,

A soutenir ma mère dans sa position.
Ma tante, chaque fois, servait la potion;
Elle allait lui placer la cuiller à la bouche.
La malade disait : « Suis-je donc une souche?
« C'est déjà très-gentil de m'offrir la liqueur...
« Je la boirai sans vous... N'ai-je plus de vigueur? »
Réunissant sa force avec tout son courage,
Elle parvenait seule à prendre son breuvage.
Elle se relevait presque sur son séant
Nous prenait la cuiller, et même en souriant,
Puis, haussait doucement sa main droite, tremblante,
En abaissant sa tête et la bouche béante.

Mardi, dès le matin, un *onze février*
Pour dissiper le père, il fut notre courrier.
Dès qu'il voit que le mal si longtemps se prolonge,
Que le jour et la nuit sa femme a fièvre ou songe,
Malgré la potion et l'huile de ricin,
Il courut tout d'abord chercher le médecin.
Il pria celui-ci de rendre une visite,
Insista poliment pour qu'il vînt au plus vite;
Et sans perdre de temps, accourant plein d'ardeur,
Fit les commissions et passa chez sa sœur.

Le docteur, introduit près ma mère en personne :
« Comment vous sentez-vous ?—Monsieur, mon corps frissonne.
« — Vous êtes dans le lit couverte chaudement...
« Allez-vous à la selle ?... Il faut un lavement...
« Voyons donc maintenant votre pouls, sa fréquence...
« Le ventre vous fait mal, j'agis en conséquence;
« Mettez dans de l'eau tiède une dose de miel.
« —Monsieur, j'ai mal au cœur et je rends tout mon fiel;
« Je sens un mal aigu, je respire avec peine ;
« J'ai la bouche brûlante et très-mauvaise haleine.
« — Prenez ma potion... Le kermès, l'aimez-vous?
« — Il a tout à la fois un goût amer et doux.
« —Vous avez vu, monsieur, lorsque ma mère crache;

« La salive l'étouffe; il faut qu'elle l'arrache.
« — Mettez sur sa poitrine un thapsia d'Anselin,
« Douze à quinze de long : c'est meilleur que le lin. »
Mon frère accompagna jusques à sa voiture
Le docteur, qui lui dit : « Si par une aventure
« (Je prévois, pauvre enfant, un bien court avenir)
« Un malheur survenait, faites-moi prévenir.
« Tâchez que votre mère ait la tête plus haute.
« A demain, sauf contre-ordre, à neuf heures sans faute.
« — Puisqu'il en est ainsi, comme tu restes là,
« Il faut nous enquérir et débrouiller cela.
« Consultons, si tu veux, dit mon frère, un autre homme :
« Je crois que deux avis nous vaudraient mieux en somme,
« Car le docteur se trompe ou dit la vérité;
« Je cours chez un ami, j'en ai la liberté.
« A midi, sûrement, il est dans sa demeure,
« Et je pense avec moi l'amener vers une heure. »

Notre tante Antoinette entre, se place au loin,
Regarde la malade, et la voit de son coin.
A tous ses mouvements elle hausse l'épaule,
Examine chez nous de l'un à l'autre pôle,
Entortille sa main aux cordons d'un cabas,
Et de ce qu'elle voit ne faisant aucun cas :
« Qu'est-ce que tout cela? hein! hein! des niaiseries!
« Ta mère, qui va bien, vous fait des singeries.
« Je trouve, quant à moi, que vous la gâtez trop;
« Donnez-lui la tisane et bien moins de sirop.
« Crachant dans son mouchoir, il sera bientôt sale.
« Elle n'est qu'enrouée, une espèce de râle.
« Pour lui guérir son rhume et sans médicament,
« De la réglisse noire est mon seul argument.
« — Ma mère a-t-elle dit une seule parole
« Vous faisant soupçonner qu'elle simule un rôle?
« J'affirme qu'elle souffre; elle ne se plaint pas,
« Elle concentre tout. Voyez-vous de là-bas?
« Elle sourit en vain, les traits de sa figure

« Expriment... Regardez.. Quel est donc votre augure?
« — C'est bon, et je m'en vais pour dîner, j'ai de quoi;
« Il faut servir mon fils, car il m'attend chez moi.
« Il m'a dit de venir pour que je lui révèle
« Si ton père nous donne une exacte nouvelle.

« — Entrez, mon cher docteur, à gauche, par ici,
« Dans la chambre à coucher; ma mère, la voici.
« Voulez-vous, dit mon frère, une lumière vive,
« Car ces rideaux fermés nous la laissent furtive.
« —Bonjour, ma brave femme, ah! je vais vous guérir.
« Ta mère, mon ami, dès ce soir peut mourir,
« Car je n'ai plus d'espoir, à cause de son rhume.
« Donne-moi du papier, de l'encre, un porte-plume.
« — Mais vous jetez sur elle un coup d'œil éperdu.
« — Je n'ai pas regardé, j'ai fort bien entendu.
« Le symptôme est pour moi si caractéristique!
« Veux-tu, mon cher ami, qu'un peu je te l'explique.
« La plèvre du poumon, le péricarde au cœur,
« Un viscère crevé disperse sa liqueur.
« Je prescris une chose, en voici l'ordonnance;
« Elle doit de ta mère allonger l'existence.
« La potion n'est rien, mais il faut l'avaler;
« En tout cas, tôt ou tard l'âme va s'envoler. »
Mon père au médecin : « J'ai mal dans cette oreille,
« Et j'éprouve dans l'autre une douleur pareille;
« Elles tintent souvent, quelquefois j'entends dur.
« — C'est l'effet de votre âge, et soyez-en bien sûr. »
Ma tante Catherine, après cette réplique,
Fut mandée aussitôt par fil télégraphique.
Le père, dans Arcueil, va prévenir sa sœur,
Et la tante Chérie accourt avec ardeur.

Lequel des deux docteurs a plus de connaissance?
Étudions d'abord l'une et l'autre ordonnance.
Je dois les déchiffrer, comme simple client.
Ils combattent le mal par un émollient.

L'un met un thapsia juste sur la poitrine,
Aux jambes le second applique la farine,
Veut du sedlitz stibié, c'est un bon purgatif,
L'adverse, un lavement, c'est plus expéditif,
Sa même potion de kermès-digitale ;
L'autre de l'aconit, du julep sans pétale.
L'un traite par le bas, le second par le haut.
Ce n'est pas, selon moi, ton ami qu'il nous faut.
Mais si je me trompais! notre cas est précaire;
Pourrais-tu consulter encor l'apothicaire?

« J'ai sonné doucement, et c'est moi que voilà.
« Or, dit l'oncle Denis, ce n'est pas tout cela,
« Puisque c'est toujours toi qui viens m'ouvrir la porte,
« Me permets-tu d'entrer, ou faut-il que je sorte?
« Ta mère est-elle enfin plus ou moins bien qu'hier?
« Je veux te dire un mot, je ne suis pas si fier.
« J'ai parlé, mardi soir, de ta mère à mon gendre:
« L'indisposition, et le mal qu'elle engendre,
« Doit être dangereuse et grande selon toi.
« —(Croyez-vous, m'a-t-il dit, qu'on ait besoin de moi?
« Je suis prêt à partir pour visiter ma tante,
« Mais je ne voudrais pas qu'elle en fût mécontente.) »
« — Je sais que mon cousin, dévoué pour autrui,
« Traite bien tous les gens qui viennent près de lui.
« Je ne méconnais pas sa grande expérience,
« Car j'ai moi-même en lui parfaite confiance;
« Mais je respecte aussi ma mère, sa pudeur.
« C'est pourquoi j'ai choisi le premier bon docteur.
« Un second médecin finit mon préambule;
« Vous l'avez rencontré sous notre vestibule.
« J'en ai regret pour vous, pour monsieur de Morand.
« Voulez-vous allez voir ma tante Ferdinand?
« Elle ne quitte pas un seul instant la place;
« Elle soigne ma mère, à tout elle fait face;
« Elle ne tiendra pas un propos puéril,
« Car depuis hier soir elle voit le péril.

« Elle a beaucoup d'ardeur pour être si peu forte.
« Entrez, je vais ouvrir puisqu'on frappe à la porte. »

« Bonjour, tante Chérie! Avez-vous bien compris?...
« Résumons le mensonge... En venant à Paris,
« C'est pour voir votre sœur, après d'autres personnes.
« — Comment! si tard au lit, Pauline? tu m'étonnes.
« Me voici bien contente, et j'arrive d'Arcueil.
« Allons, embrasse-moi, fais-moi très-bon accueil.
« Si tu veux que chez toi je passe la soirée,
« Nous mangerons ensemble une bonne poirée.
« —Qui, madame, êtes-vous?—Moi, ta plus jeune sœur.
« —Je ne vous connais pas... Mon corps est en sueur.
« — Regarde-moi donc bien!... la mère Delinotte.
« Par exemple... Qui donc est une femme sotte?
« —Voulez-vous m'expliquer encore de nouveau,
« Parce que, maintenant, j'ai bien mal au cerveau.
« —Tu veux rire, sans doute; il faut être gentille.
« — J'entends de votre mère... En êtes-vous la fille?
« Vous jouissez toujours d'une bonne santé?
« — Je suis Labbé Chérie en personnalité,
« Et veuve Delinotte, et veuve Léguillée.
« —Je comprends maintenant, je m'étais embrouillée.
« Je ne te vois pas bien, évitons tout conflit;
« Mais passe du derrière au devant de mon lit...
« De l'alcôve ôtez donc ces toiles d'araignées;
« Les voyez-vous marcher toutes bien alignées?
« Dès mon premier coup d'œil l'une semble grossir;
« Elle change d'état, contemplez à loisir;
« Elle se place en tête... Elles vont disparaître..,
« Ouvrez-leur notre porte, ou bien notre fenêtre.

« J'entends, je crois, parler mon beau-frère Denis:
« Par hasard mes parents sont ici réunis.
« Ah! si je n'étais pas aussi faible et malade,
« J'aurais pu vous offrir la bonne régalade.
« C'était l'occasion, à chaque souvenir,

« De parler d'autrefois, de nous bien rajeunir.
« Entendez-vous au fond? c'est Ferdinand-Guillaume;
« Il retourne la viande, en sentez-vous l'arome?
« Au lieu d'une partie, il fait rôtir le tout.
« Votre part cuit à point, il connaît votre goût.
« Mon beau-frère Denis voudra m'être agréable
« En donnant un exemple, en se mettant à table.
« Vis-à-vis mon mari, près de mon fils aîné,
« Ton couvert, ma Chérie, est comme abandonné...
« Je veux vous voir dîner, si cela peut se faire;
« Vous pouvez, dans ma chambre, aussi me satisfaire.
« Vous refusez, je crois, de manger tous les deux...
« Mes enfants ont besoin que l'on dîne avec eux.
« Depuis trois jours entiers personne ne déjeune...
« Chérie, écoute-moi... N'es-tu pas la plus jeune? »
Ma mère, tout d'un coup, saute en bas de son lit.
Nous en restâmes cois, tant cela nous surprit.
Au milieu de la chambre elle était chancelante;
Elle se proposait d'être notre servante.
Elle se raidissait, elle avançait d'un pas,
Voulait qu'on commenceât à l'instant le repas;
Elle se fatiguait d'une sorte inouïe;
Elle s'affaisse enfin et presque évanouie.
On s'élance près d'elle, on la soutient debout;
On la mène à son lit, ses forces sont à bout!...
Revenant aussitôt de cette défaillance,
Elle nous louangeait de notre vigilance;
Elle nous regardait avec tant de bonté,
Que Chérie à l'instant suivit sa volonté.
L'autre, récalcitrant, craignant une revanche :
« Il est tard, je m'en vais... Qui passe la nuit blanche?
« — Ne vous occupez pas de ce petit détail.
« Allez, oncle Denis, faire ouvrir le portail.
« On vous attend chez vous pour manger votre soupe;
« Vous serez le premier à quitter notre groupe.
« Mon oncle Ferdinand demain sera dispos.
« Mon père, puis mon frère, ont besoin de repos. »

Douze coups sont sonnés au timbre de l'horloge,
A trois coins différents chacun de nous se loge,
Chérie encor debout dans la chambre au milieu,
S'efforce comme nous d'être utile en tout lieu.
Ma tante Ferdinand près du lit se prodigue,
Soigne toujours ma mère et malgré sa fatigue.
A la table où je suis, sur un calendrier
Je lis tout bas : *Jeudi, ce douze février*...
La respiration de ma mère était lente ;
Elle augmenta soudain par une fièvre ardente.
D'horribles visions troublèrent son sommeil.
A ses moindres besoins on était en éveil.
Sa main gauche pressait son ventre, ses entrailles ;
De l'autre elle montrait le plafond, les murailles :
« Regardez sur mon lit, à partir du bateau,
« Ces fils se reliant à mon porte-manteau ;
« Des bêtes sont dessus... Tenez, elles fourmillent !
« Elles sont d'un beau noir... Maintenant elles brillent.
« Les voyez-vous monter et courir au plafond ?...
« Mais je tombe,.. O mon Dieu ! que ce puits est profond !
« Je me brise la tête au coin de cette roche...
« J'y suis comme empalée, et je tourne à la broche...
« Mon mari, du secours ! au secours, mes enfants !...
« Ah ! je le savais bien, vous êtes triomphants. »
Réveillons la malade, un rêve doit suffire...
Elle ne dormait pas, elle avait le délire ;
Elle était dans son lit en très-grand mouvement,
Et nous regardait tous alternativement :
« J'aperçois que ma robe est de moi toute proche ;
« La clé de ma commode est toujours dans ma poche...
« Je voudrais bien l'avoir pour m'amuser un peu. »
Lorsqu'on la lui donna, ma mère en fit un jeu...
Cette clé repassait, presque avec frénésie,
De l'une à l'autre main, selon sa fantaisie ;
Puis elle introduisait son index dans l'anneau,
Et la faisait tourner de même qu'un cerceau ;
Enfin, sans y penser, elle nous l'abandonne

En disant : « Tout est calme, et je ne vois personne.
« Mon mari n'est pas là, ni même mes deux fils?
« Je voudrais leur montrer tous ces petits grésils.
« Ah ! pendant que j'y pense, écoute, sœur Chérie,
« Prends toujours un grand soin de mon argenterie...
« Qu'ai-je donc dans les yeux? je vois... là... des bluets. »
Ma mère avec ses draps se faisait des paquets;
Elle les tortillait, les rajustait ensuite...
Plusieurs illusions étaient à sa poursuite.
Elle voulait en l'air saisir je ne sais quoi,
Et durant tout ce jour le fit de bonne foi.
Mon père au médecin, vers une heure sortable,
Dépeignit en détail cet état déplorable.
Il pria celui-ci de venir à l'instant
Pour adoucir un mal, lequel était constant.
Le docteur nous fit mettre un grand vésicatoire...
Comme médicament, c'était la même histoire :
Toujours cinq cuillers d'eau pour une de vieux vin;
Bouillons gras, potions, tout lui serait divin.
Pendant que le docteur rédige une ordonnance,
Chérie un moment, bas, m'attire en confidence :
« Ce matin j'ai heurté, mais sans le faire exprès,
« Vers la base du ventre, au nombril à peu près,
« Une forte grosseur provenant d'un viscère.
« Je l'ai vue en changeant le linge de ta mère;
« Je la vois augmenter assez sensiblement...
« C'est d'elle que j'entends un fort gargouillement.
« Serait-ce, par hasard...? Je crains une hernie!
« Déplacée ou rompue, on est à l'agonie...
« J'en ai le triste exemple encor devant les yeux.
« Te le dirai-je enfin? dans une aurore ou deux,
« Mon mari Delinotte en perdit l'existence.
« Tu le vois, je te parle avec expérience.
« Mais cette cause, hélas! surpasse mon pouvoir.
« Dans une maladie il faudrait tout prévoir.
« Informe le docteur; penses-tu qu'il l'ignore?
« Il est peut-être temps d'y remédier encore.

« Je l'entends au salon, il est prêt à partir...
« Sans plus tarder, crois-moi, tu devrais l'avertir. »
Pour s'assurer du fait, le médecin en hâte
Examine ma mère, il l'ausculte, il la tâte ;
Et, de ce pronostic voyant la vérité,
Il nous l'avoua net avec sincérité.
Mon frère, malgré tout, voulut être incrédule ;
Il propose au docteur un conciliabule,
Duquel il résulta la convocation
De nos deux médecins en consultation.

Mes deux tantes luttaient, m'appelaient à leur aide,
Et tombaient sous le choc de ma mère, qui, raide,
A terre se roulait pour calmer sa douleur.
J'amène à leur secours mon frère le docteur :
« Couchez-vous tout de suite, ou je vous donne un blâme;
« Croyez le médecin, qui vous le dit, madame.
« Pour ressentir l'effet de mon médicament,
« Il faut, dans votre lit, vous tenir chaudement.
« Si vous renouvelez aujourd'hui cette scène,
« Vous attraperez froid, et ferez de la peine
« A votre bon mari, puis à vos deux enfants,
« A ceux qui vous sont chers parmi tous vos parents.
« Malgré votre douleur, montrez-vous raisonnable ;
« Continuez toujours d'être aussi convenable.
« — Pardonnez-moi, monsieur, je ne fais pas de bruit.
« Quand je perds la raison, le jour comme la nuit,
« C'est que dans mon esprit une chose galope...
« Il me semble parfois quitter mon enveloppe.
« Dans un de ces moments, hélas ! que je poursuis,
« Puis-je savoir mon fait, ignorant où je suis ?...
« Pour ne contrarier, vous d'abord, ni personne,
« Je prends très-volontiers tout ce que l'on me donne.
« Je sens parfaitement que j'en ai grand besoin...
« Je suivrai donc, docteur, vos conseils avec soin. »

Ma mère dans son lit, sans reprendre haleine,
Tirait draps, oreillers, couverture de laine,

Découvrait ses deux pieds, chargeait son estomac.
Se figurant soudain être dans un hamac :
« Liez-moi, vers bâbord, avec une ficelle,
« Ou je serai lancée auprès d'une hirondelle.
« Maintenant donnez-moi (car j'ai bon appétit)
« Un croissant, pain au lait, plutôt gros que petit.
« Prenez de préférence une brioche au beurre,
« Car la faim que j'éprouve est, je le crois, un leurre.
« Il me faut l'aiguiser par différents fumets...
« Tu l'as choisi, Chérie, oh ! merci, quel bon mets !...
« Mon gosier est étroit, je crains qu'il ne se bouche,..
« Si ce petit gâteau me restait dans la bouche !...
« Je ne pourrai donc plus, je le sens, désormais
« Ni boire ni manger les choses que j'aimais...
« J'entends un bruit confus, et mon esprit se trouble ;
« Je vois que chaque objet grossit et se dédouble... »
Ma mère saute à terre, à ces mots. sans répit,
Ne veut plus se coucher, s'éloigne de son lit,
S'avance malgré nous au milieu de la chambre,
Se raidit en voyant que son être se cambre,
Pour la première fois n'entend plus la raison,
Elle résiste, on craint presque une pâmoison.
On tâchait de ne pas lui faire violence ;
On la regardait tous très-inquiets, en silence ;
On perdait, sans agir, des instants précieux...
La malade éprouvait un froid pernicieux ;
Elle appuyait son corps, debout, sur une hanche.
Je saisis dans un coin le balai par le manche...
Ma tante Ferdinand pliait sous le fardeau,
Ne m'apercevait pas ; elle était tout en eau.
« Que vas-tu faire là, dit Chérie en colère ;
« Tu ne veux pas frapper ta malheureuse mère ! »
Elle me regardait en maintenant sa sœur,
Et d'aller vers son lit l'engageait en douceur.
Dans le but d'éviter une autre catastrophe,
Je ne m'arrêtai pas, malgré cette apostrophe :
Car je voyais enfin mes tantes trébucher

Et ma mère tomber, dans sa chambre à coucher...
Je cours vers l'antichambre, et j'en ouvre la porte,
Brandissant le bâton en l'air, de telle sorte
Qu'avec rapidité le manche du balai
Atteignit le plafond, et, sans aucun délai,
J'agitai plusieurs fois fortement la sonnette.
La malade, à ce son, regagna sa couchette.
« Qui vient me déranger? me dit-elle, j'ai peur!
« — Je ne sais pas au juste, on attend le docteur...
« Couche-toi, prends ton temps, rassemble ton courage:
« Car doucement va loin,.. Tu connais cet adage.
« Quand tu seras couchée, il faudra te couvrir,
« Je vais dès maintenant me dépêcher d'ouvrir. »

En travers de son lit, quoique bien impotente,
Ma mère se renverse, et presque sans ma tante.
Ce violent effort épuise sa vigueur;
Elle reste immobile, inerte, en sa langueur.
Puis, quelque temps après, reprenant de la force,
Du bateau de son lit ses pieds pressent l'écorce ;
Elle arc-boute sa tête, elle l'appuie au mur ;
Elle raidit son corps, elle agit à coup sûr.
Chaque jambe, en glissant, paraissait découverte...
On la cachait de suite, on était en alerte.
Ses membres se mouvaient, son œil était hagard ;
Elle ne savait plus où porter son regard.
Cette façon d'agir étant habituelle,
Il me vint une idée assez spirituelle ;
Il me fallait la mettre en exécution,
Et je dis donc au père, après réflexion :
« Dans du bois de sapin prends une large planche ;
« Abats tous les chanfreins; tâche qu'elle soit blanche,
« Elle devra toucher près de chaque dossier.
« Il faut la mesurer avant de la scier.
« Pour avoir plus tôt fait, n'en finis qu'une face.
« Mon frère t'aidera, vous la mettrez en place.
« Vous pourrez la descendre à fleur du matelas...

« J'amuserai ma mère avec un martelas. »
Précédé de Chérie, on va dans la ruelle.
Ma tante Ferdinand apporte la chandelle;
Denis, sur le devant, nous regardait debout;
Ferdinand, dans la chambre, était à l'autre bout.
Quand la planche fut là, sans dire une parole,
Je frappai de ma clé sur une casserole.
La malade se tourne et semble s'éveiller;
Sous sa tête Chérie ajuste l'oreiller.
Pendant qu'aidé mon père emboîtait son ouvrage,
Ma mère regardait d'où venait ce tapage;
Puis, n'entendant plus rien, s'allonge, se raidit,
Se retourne soudain plusieurs fois dans son lit.
Elle trouve un obstacle en moins d'une minute,
Qui certes l'empêcha d'éprouver une chute.
Elle use de sa force un peu mal à propos,
Et peut, en s'arrêtant, jouir d'un long repos.
Mais l'air, en pénétrant dans sa poitrine enflée,
Ne faisait que la rendre encor plus essoufflée.

Dans son lit, tout son être était en diagonal.
Par l'effet du hasard, à ce moment fatal,
Elle roule en avant sa tête, qu'elle penche,
La met près du dossier et l'appuie à la planche.
Ma tante Ferdinand la replace avec soin
Sur un des oreillers préparés dans ce coin.
Avant de s'en aller, notre tante Antoinette
Nous offrait à chacun, d'une voix claire et nette,
De veiller une nuit tous en société.
On la remercia. Disons la vérité,
Peut-être dans Paris, de l'une à l'autre rive,
On ne trouverait pas une femme aussi vive.

Mon frère convoqua nos deux docteurs chez nous,
A sept heures du soir leur donnant rendez-vous.
L'un à l'autre abouchés, ceux-ci, selon l'usage,
Dans un court entretien tout à leur avantage,

Étaient déjà d'accord sans s'être consultés,
Ne prévoyant, hélas! que des difficultés.
« Regardez, disaient-ils, votre mère repose;
« Pour elle, en ce moment, c'est une bonne chose.
« Quel que soit le motif, ne la dérangez pas,
« Car elle passerait de la vie à trépas. »

La malade en tremblant agitait sa mâchoire.
Voulait-elle parler ou demander à boire?...
Elle n'avait rien pris depuis longtemps déjà.
Ne l'abandonnons pas, puisque nous sommes là;
Et comme, en cet instant, elle a la bouche sèche,
Je fais, pour l'humecter, au bouchon une brèche.
Pour qu'il puisse servir selon notre besoin,
Dans toute sa longueur je le taille avec soin.
Il fut rapidement placé sur la bouteille
Et laissa suinter le liquide à merveille.
Je résolus alors, avec précaution,
De faire lentement tomber la potion.
Ma mère à chaque goutte en suçait ses deux lèvres.
On m'adresse après coup quelques paroles brèves:
« La malade a bien soif, tu ne le vois donc pas?
« Veux-tu t'en rendre compte? avance-toi d'un pas.
« Je sais ce que je dis, tu ne vas guère vite...
« Donne à boire, entends-tu? mais donne tout de suite.
« Puisqu'il en est ainsi, montre-moi la liqueur;
« J'en verserai moi-même avec plus de vigueur.
« Ah! c'est par ce goulot que le liquide passe!
« Vous ne vous servez plus de cuiller ni de tasse;
« Mais il ne coule pas, le flacon manque d'air.
« Tu me soutiens que si... Cependant je vois clair.
« Approchez, belle-sœur, mettez-vous en présence...
« Dites-moi si ma femme en a sa suffisance...
« Voyez-vous seulement une goutte couler?
« — La malade à présent ne peut plus avaler.
« Sa respiration est même intermittente.
« — Elle a ce qu'il lui faut, reprit mon autre tante. »

Ce tendre époux fut pris d'une telle souleur,
Qu'il s'assit sans répondre, accablé de douleur.

Denis, en arrivant, m'adresse la parole :
« Pourquoi ta mère a-t-elle une posture drôle?
« Mets sa tête d'abord sur ce long traversin,
« Au lieu de la tenir sur ce petit coussin;
« Elle est trop en biais, répare cette faute,
« Et si tu le voulais, pour la placer plus haute,
« Il ne te faudrait pas, je crois, un grand effort.
« — Le moindre mouvement serait un cas de mort,
« Ont affirmé ce soir les hommes de science.
« J'écoute, quant à moi, ma seule conscience,
« Et je récuserai certains instigateurs
« Pour accomplir au mieux le conseil des docteurs.
« Regardez avec moi comme ma mère tremble.
« Un secret phénomène à l'instant, il me semble,
« Fait couler dans son corps une froide sueur
« Qui glace tout son sang et fait battre son cœur.
« Ses membres sont crispés, sa bouche haletante;
« Son pouls se ralentit, sa chair est frémissante;
« La trépidation va des pieds aux cheveux...
« Et met en mouvement son système nerveux;
« Elle cesse soudain... La salive est pâteuse,
« Les yeux sont racornis faute d'humeur aqueuse.
« — Signe, dit Ferdinand, précurseur de la mort.
« — Non... mais... écoutez donc... ma mère parle fort. »
En principe on perçoit sa parole furtive;
On prête, en s'approchant, une oreille attentive;
On se tient près du lit, dans le recueillement;
On entend que sa voix faiblit sensiblement :
« Je ne suis pas si folle, et pourquoi ce grand fiacre,
« A l'église, à la messe, un suisse, un prêtre, un diacre?
« Le dîner n'est pas prêt, va lire le journal...
« Il te faut être aussi garde national !...
« Mais j'entends à côté le bruit de la mitraille :
« On pourrait nous tuer à travers la muraille...

« Mon mari, mes enfants, les obus, les Prussiens...
« On se cache, on a peur... chacun craint pour les siens.
« Vous me martyrisez et me rendez souffrante.
« — Par exemple! ma sœur!... s'écria notre tante.
« — Chut!... on ne peut rien faire, on n'a pas à choisir...
» Il nous faut la laisser s'exprimer à loisir. »
Notre mère reprit d'une voix caverneuse :
« J'ai bien quelques motifs pour être malheureuse...
« Quand chien, chat, rat, souris étaient mis à l'étal,
« J'ai souffert quatre mois, moment triste et fatal;
« Car je n'ai jamais pu manger le pain de paille,
« Ou de ces animaux en faire rien qui vaille.
« Ils étaient recherchés et n'avaient qu'un rival...
« Vous le connaissez tous, j'ai nommé le cheval.
« Je ne pouvais non plus en digérer la viande,
« Et pour vous cependant elle était très-friande.
« Je me suis résignée à cet auto-da-fé
« En ne me sustentant que de vin ou café...
« On enrôle, dit-on, chaque célibataire ;
« Jusqu'à trente-cinq ans on te fait militaire...
« Au coin de cette rue, en face le boucher,
« Je vois, auprès de moi, des troupes déboucher.
« Un des soldats me met contre une devanture,
« Et veut de son fusil me brûler la figure :
« — (Que faites-vous dehors pendant que je me bats?
« Vous êtes sûrement hostile à nos soldats...
« Cette femme, voisin, est-elle une canaille?
« — Non, non, je la connais, sieur troupier de Versaille;
« J'en réponds sur l'honneur, et cheveu pour cheveu;
« De grâce, épargnez-la de votre coup de feu.
« — Vous me faites du mal, je n'en veux à personne...
« Je vais chercher du pain, et puis l'on m'emprisonne!
« — Eh bien! rentrez chez vous, me dit le fusilier.
« J'accourus sur-le-champ jusqu'à notre palier...
« J'ai toujours bien payé, même durant la guerre,
« Vous pouvez tous à moi vous fier sur la terre...) »
Ma mère prononça des mots entrecoupés :

« *Quoi! bon! oui!* » sont les seuls qui lui soient échappés;
Puis elle s'endormit en toute quiétude,
Sans avoir pu changer sa tête d'attitude.

« Je suis sûr maintenant, nous dit l'oncle Denis,
« Que ma sœur est bien mal... Ses maux sont-ils finis?
« Nous sommes ignorants, mais consultez mon gendre... »
Nous hésitons un peu...— « J'y cours, dit Alexandre,
« Et je reviens de suite avec notre cousin. »
En famille on attend ce parent médecin;
On se tient dispersés, tous assis dans la chambre.
Imperceptiblement, sans bouger un seul membre,
En travers de son lit se tenant sur le dos,
La malade semblait écouter nos propos;
Mais elle respirait presque avec somnolence;
Nous la regardions, cinq, quelquefois en silence.

« Demeure encore assis avant d'aller au bois,
« Pour nous en apporter davantage à la fois.
« D'ailleurs, nous en avons à côté de la pelle;
« En veux-tu, dis, Denis?... » Soudain je m'en rappelle.
Après un laps de temps, me levant de nouveau
Quand il ne resta plus dans le feu qu'un morceau,
Sur la pointe des pieds je regagnai le large;
Je courus au bûcher m'apprêter une charge;
Je mis le combustible aussitôt sur mes bras,
Et le montai chez nous sans aucun embarras :
« Entre vite... regarde... Hélas!... ta mère est morte
« Juste quand de la cave on refermait la porte.
« Elle a fait en mourant une expiration
« Qui sur elle attira toute l'attention,
« Plus longue, plus étrange... Or c'était la dernière.
« Elle ferma bientôt l'une et l'autre paupière;
« L'aiguille de ma montre était, sans trop d'écart,
« Un peu plus bas que dix... dix heures moins le quart.
« Mais, ajouta mon père, on subit la nature...
« Souvent elle est cruelle... Écoute... une voiture.

« — Suivez-moi, mon cousin, fit mon frère en entrant.
« — Elle a cessé de vivre... oui, ta mère, à l'instant...
« Tu devais être à peine au bout de cette rue.
« Tu la vois... » lui dit-il, d'une voix très-émue.
Pendant ce monologue, à chacun tour à tour
D'une main le cousin nous donne le bonjour;
Puis, sans perdre de temps, vers le lit il s'avance,
Regarde notre mère... Il se tient à distance...
Il se rapproche encore, il soulève les draps;
Pour lui tâter le pouls il s'empare d'un bras...
Au-dessus de sa bouche, un centimètre à peine,
Il place son oreille, éprouve son haleine.
Il se relève et dit : « Mes soins sont superflus...
« Ma tante, votre mère, elle n'existe plus.
« Supportez ce malheur, mon oncle, du courage...
« La raison vous l'ordonne et surtout à votre âge. »
Il prend de chaque main le drap, la couverture;
Il cache le cadavre, excepté la figure,
Nous engage à ne pas le laisser refroidir,
Et dans quelques instants le faire ensevelir.
« Beau-père, partons-nous tous deux dans mon coupé?
« — Oui, » dit l'oncle Denis d'un air préoccupé.
Mon frère les suivit, selon la bienséance.
Ma tante Ferdinand, avec son assurance,
Ouvre l'armoire et prend parmi le linge actif
Ce dont elle a besoin, comme préparatif;
Puis elle résolut de changer la chemise,
Pendant que l'on tiendrait, à deux, ma mère assise.
A l'aide de Chérie, elle l'ensevelit ;
Elle la plaça, droite, au milieu de son lit.
Le veuf, les orphelins et l'une et l'autre tante,
Regardaient la défunte... Elle était souriante;
Sa figure exprimait une telle candeur
Qu'elle semblait vouloir calmer notre douleur.

. . . .

En ne nous éclairant que de son luminaire,
Nous passâmes la nuit auprès de son suaire.

Le douzième coup frappe un murmure argentin,
Nous annonçait le *treize*, ou *vendredi* matin.
Le médecin des morts, pendant cette journée,
Vint visiter ma mère en faisant sa tournée.

Le *samedi quatorze*, au mois de *février*,
Les quatre croque-morts, dont l'un fut l'ouvrier,
Dirigés par un chef dit de cérémonie,
Dès neuf heures sonnant, ensemble, en harmonie,
Dans du son parfumé, pour adoucir l'écueil,
Déposèrent ma mère au fond de son cercueil,
Puis au rez-de-chaussée apportèrent la bière,
L'exposèrent dehors plus d'une autre heure entière;
A midi dans l'église elle fut, près du chœur,
Vers une heure enterrée à peu de profondeur.

Le jour que l'on fixa pour exhumer ma mère,
Sa dépouille mortelle, en présence du père,
Fut d'abord déterrée, ensuite, de nouveau,
A la force des bras transportée au caveau.
Dans un compartiment elle fut descendue.
Cette deuxième place elle était défendue
Si. . . . . déranger
. . . . étranger

On voit dans la chapelle, ou tombeau de famille,
Un verre dépoli devançant une grille;
Il permet doucement au jour unifié
D'éclairer un portrait très-bien vitrifié,
Lequel, par transparence, est celui de ma mère,
Avec ce vrai penser, épitaphe du frère :

TOUS NOS SOINS ET TOUT NOTRE AMOUR
N'ONT PU LA RAVIR À LA MORT.

L. JOURDAIN.

12 *février* 1875.

www.ingramcontent.com/pod-product-compliance
Ingram Content Group UK Ltd.
Pitfield, Milton Keynes, MK11 3LW, UK
UKHW020452230726
13925UKWH00005B/1889

9 782019 276218